Para Carlos y Harmonía.
Como decía Gabriel García Márquez,
fueron rosas y eso basta

N. R.

Proyecto visual y dirección de arte: Departamento de Diseño GE
Diseño de cubiertas e interiores: Departamento de Diseño GE

Edelvives Talleres Gráficos. Certificado ISO 9001
Impreso en Zaragoza, España

ISBN: 978-84-140-4167-3
Depósito legal: Z 301-2023

Emily Dickinson

UNA ARDIENTE BRUMA

ANTOLOGÍA

SELECCIÓN Y VERSIÓN DE Lorenzo Oliván

ILUSTRADO POR Natalia Ranera

III PREMIO INTERNACIONAL DE ILUSTRACIÓN

EDELVIVES

Una ardiente bruma

¿Por qué se ha convertido Emily Dickinson, durante los últimos años, en una de las poetas más traducidas al español? ¿Por qué su poesía interesa tanto a todo tipo de público, desde el lector culto al lector joven que busca voces cómplices, cercanas? Muy sencillo. Porque es moderna y actual, pese a que vivió en el siglo XIX. Porque su misterio contiene una frescura y una capacidad de sugerencia que no se agota nunca. Y porque consigue mostrarse a un mismo tiempo honda y ligera, y sabe hallar lo profundo en lo más cotidiano.

Escribió cerca de dos mil poemas, pero solo vio publicados unos pocos, y no en un libro, sino en alguna revista de la época. No debió de importarle mucho y, a la larga, eso preservó su independencia, su autenticidad. La creación poética le sirvió como motor de vida y como aventura de conocimiento, no como escaparate ni como instrumento para saltar a la fama. Emily Dickinson hizo de la escritura una habitación propia en la que perderse y encontrarse, en la que expresarse con un lenguaje innovador, libre, original.

En una de sus cartas, subrayó este deseo: «que cada mente sea ella misma, como un pájaro distinto». Ningún poeta antes había hecho de

su mente un espacio tan rico, tan ambiguo, tan lleno de dobles fondos. Ella apostó por mirar el mundo desde una óptica sutil, a través de una bruma ardiente que intensifica la visión, de ahí el título de esta antología. Muchos de sus poemas discurren como faros encendidos en mitad de la niebla, que más que entregarnos la realidad de forma directa, la van desnudando, la van descubriendo, le van quitando velos. De modo que la mirada, al final, parece cuestión de magia.

En uno de los versos que el lector encontrará en estas páginas se nos dice que «se quebró alguna tabla en la razón». En otros, al hablar de un ave que entona un canto se nos advierte de que «si es un misterio / o, en cambio, no lo es, / lo es antes dentro». Emily Dickinson sintió el espacio de su conciencia y de su sensibilidad como un misterio absoluto en el que se reflejaba el misterio de todas las cosas. Resulta clave entender esa convicción íntima para comprender por qué en esta poesía lo enigmático arrastra tanta verdad y por qué nos emociona de raíz. He ahí otra de las llaves de su éxito. He ahí por qué todo lector se deja seducir por esta voz poética.

Una ardiente bruma propone una suerte de itinerarios, rutas u obsesiones para entender mejor un universo poético complejo. **La vida en los detalles** muestra su habilidad para revelar lo insignificante. En **Su propia compañía elige el alma,** se abre a los vínculos afectivos (a veces huidizos) con aires de celebración. **Este corazón tantas veces roto**

subraya el dolor, la angustia, el desconcierto. **El rastro de la luz** la retrata siguiendo luces y sombras casi como un pintor impresionista. En **Y miramos más lejos** Emily nos entrega un mapa, nos desvela su manera de ver la realidad. Y, por último, **Las puertas del enigma** la sitúan en la última frontera, en su fascinación por aquello que puede haber o no haber más allá de la muerte.

Pese a su vida rutinaria en la casa familiar en Amherst, no tuvo necesidad de recorrer lejanas latitudes, porque en sus poemas dialogó con seres conocidos, intuidos o imaginados, y porque volvió ilimitado lo real, al convertir las cosas más sencillas en extraños símbolos. O como afirma en uno de sus fragmentos más memorables: «Un alma con un huésped / raro es que viaje fuera. / La multitud divina de la casa / anula tal deseo».

Sus poemas, llenos de interrogantes, abren puertas, crean dudas, sorpresa, confusión, dan cabida a la más fina ironía o a lo lúdico y constituyen una emotiva aventura para cualquier espíritu joven.

Toda traducción de poesía debería ser considerada más una versión que un trasvase fiel. Por su propia esencia, por la armonización de matices tan extrema que se da siempre en el texto poético, la fidelidad en el salto de una lengua a otra no puede existir. Es decir, el más experto filólogo quizás sepa lo que dice un verso, pero tal vez solo sepa expresarlo sin música, sin sentir la sensorialidad de las palabras ni el vuelo de las imágenes.

A menudo nos movemos por un ámbito donde resulta más significativa la energía que las acepciones de las palabras. Esta «versión» tiene en cuenta ese nudo de tensiones y no cree en las soluciones incontestables o definitivas.

Son bastantes las traducciones que no reproducen ni el frecuente uso de mayúsculas ni las numerosas exclamaciones que hay en el texto original. ¿Por qué aquí no aparecen? Porque en mi humilde opinión remiten a una época de la poesía española, el modernismo, especialmente retórica y acercan los versos de Emily Dickinson, en la tradición poética de nuestra lengua, a formas que pronto superaron los poetas más significativos del siglo XX: Juan Ramón Jiménez, Lorca, Pablo Neruda, etc.

Los guiones, al estar relacionados con soluciones rítmicas, con pausas y con elipsis, serían más debatibles. Podrían incorporarse en futuras reediciones. También en lo temático estas versiones eligen y prefieren los poemas con léxico menos convencionalmente poético o menos marcado por lo religioso y en ese sentido también privilegian un eje de visión.

El mundo poético de Emily Dickinson resulta en verdad apasionante. Ojalá, lector, lectora, sientas esa pasión al familiarizarte en estas páginas con una mirada única.

LORENZO OLIVÁN

LA VIDA EN LOS DETALLES

Sobre las pequeñas cosas

159 A little bread – a crust – a crumb –
A little trust – a demijohn –
Can keep the soul alive –
Not portly, mind! but breathing – warm –
Conscious – as old Napoleon,
The night before the Crown!

A modest lot – A fame petite –
A brief Campaign of sting and sweet
Is plenty! Is enough!
A *Sailor's* business is *the shore*!
A *Soldier's* – *balls*! Who asketh more,
Must seek the neighboring life!

183 I'VE heard an Organ talk, sometimes
In a Cathedral Aisle,
And understood no word it said –
Yet held my breath, the while –

And risen up – and gone away,
A more Bernardine Girl –
Yet – know not what was done to me
In that old Chapel Aisle.

159 UN pedazo de pan, un mendrugo, una miga,
una vasija, un poco de confianza,
pueden mantener viva cualquier alma.
Ojo: no corpulenta. Mas respirando
cálida y consciente,
como Napoleón
la noche antes de ser coronado.

Un modesto terreno, una fama minúscula,
una breve campaña de penas y alegrías
es ya abundancia y es ya suficiente.
La costa le preocupa al marinero
y al soldado las balas. Pide más
y no desearás más vida que la ajena.

183 A veces he escuchado hablar a un órgano
bajo la nave de una catedral
y no entendía nada de lo dicho,
mas contenía la respiración.

Y me ponía en pie, y luego me iba
—más devota, quizás, de San Bernardo—
ignorando qué había sucedido
en esa antigua nave en la capilla.

245 I held a Jewel in my fingers –
And went to sleep –
The day was warm, and winds were prosy –
I said «'Twill keep» –

I woke – and chid my honest fingers,
The Gem was gone –
And now, an Amethyst remembrance
Is all I own –

320 WE play at Paste –
Till qualified, for Pearl –
Then, drop the Paste –
And deem ourself a fool –

The Shapes – though – were similar –
And our new Hands
Learned *Gem*-Tactics –
Practicing *Sands* –

245 TENÍA entre mis dedos una joya
y me dormí.
Era en un día cálido, el viento era cansino,
dije: «Se quedará».

Desperté. Y reprendí a mis fieles dedos:
la gema ya no estaba.
Y ahora es un recuerdo de amatista
todo lo que me queda.

320 FALSAS piedras preciosas nos seducen,
hasta estar preparados para perlas.
Entonces rueda al suelo tanta bisutería
y nos juzgamos unos simples locos.

Las formas, sin embargo, son iguales
y nuestras nuevas manos
aprendieron las tácticas de gemas
usando arenas antes.

605 THE Spider holds a Silver Ball
In unperceived Hands –
And dancing softly to Himself
His Yarn of Pearl – unwinds –

He plies from Nought to Nought –
In unsubstantial Trade –
Supplants our Tapestries with His –
In half the period –

An Hour to rear supreme
His Continents of Light –
Then dangle from the Housewife's Broom –
His Boundaries – forgot –

605 LA araña una pelota plateada sujeta
en sus imperceptibles manos
y sobre sí danzando suavemente
desovilla su hilado hecho de perlas.

Se aplica, andando en nada,
en invisible oficio.
Sobre nuestro tapiz ella hace el suyo
en la mitad de tiempo.

Majestuosos, traza en una hora
continentes de luz.
Penden de las escobas de las amas de casa
como olvidados reinos.

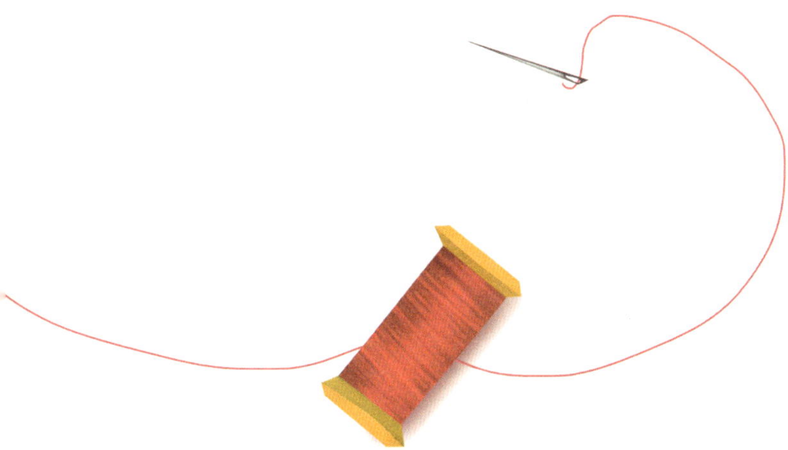

986

A narrow Fellow in the Grass
Occasionally rides –
You may have met Him – did you not
His notice sudden is –

The Grass divides as with a Comb –
A spotted shaft is seen –
And then it closes at your feet
And opens further on –

He likes a Boggy Acre
A Floor too cool for Corn –
Yet when a Boy, and Barefoot –
I more than once at Noon
Have passed, I thought, a Whip lash
Unbraiding in the Sun
When stooping to secure it
It wrinkled, and was gone –

Several of Nature's People
I know, and they know me –
I feel for them a transport
Of cordiality –

But never met this Fellow
Attended, or alone
Without a tighter breathing
And Zero at the Bone –

986 UN reducido tipo entre la hierba
cabalga algunas veces.
Te lo habrás encontrado, ¿no es verdad?
Se presenta de pronto.

Abre la hierba igual que con un peine;
una saeta moteada es vista
y entonces él se acerca hasta tus pies
y se marcha a lo lejos.

Le gustan los terrenos pantanosos,
el suelo frío para el cereal.
Sin embargo, de niña yo y descalza,
en más de una ocasión a mediodía,
creí haberme cruzado con un golpe de látigo
que destrenzaba el sol
y, al detenerme para asegurarme,
él se encogía y se iba.

Muy distintas especies de la naturaleza
conozco y me conocen.
Siento por ellas éxtasis
de camaradería.

Pero nunca me encuentro a este sujeto,
acompañada o sola,
sin que me falte la respiración
o sin que hasta mis huesos se congelen.

1302 I think that the Root of the Wind is Water –
It would not sound so deep
Were it a Firmamental Product –
Airs no Oceans keep –
Mediterranean intonations –
To a Current's Ear –
There is a maritime conviction
In the Atmosphere –

1302 CREO que en la raíz del viento solo hay agua.
No podría escucharse tan profundo
si naciese, sin más, del firmamento.
Los aires guardan, y no los océanos,
entonaciones de Mediterráneo.
Para cualquier oído
hay siempre una marítima certeza
diluida en la atmósfera.

1400

WHAT mystery pervades a well!
That water lives so far –
A neighbor from another world
Residing in a jar

Whose limit none have ever seen,
But just his lid of glass –
Like looking every time you please
In an abyss's face!

The grass does not appear afraid,
I often wonder he
Can stand so close and look so bold
At what is awe to me.

Related somehow they may be,
The sedge stands next the sea –
Where he is floorless
And does no timidity betray

But nature is a stranger yet;
The ones that cite her most
Have never passed her haunted house,
Nor simplified her ghost.

To pity those that know her not
Is helped by the regret
That those who know her, know her less
The nearer her they get.

1400 CUÁNTO misterio llena el ámbito de un pozo.
¡Su agua habita tan lejos!
Vecino de otro mundo,
está en un recipiente

con tapa de cristal
cuyo límite nadie ha visto nunca.
Como observar siempre que se desee
el rostro de un abismo.

Las hierbas no parecen asustadas
y con frecuencia me pregunto si ellas
pueden estar tan cerca, mostrarse tan audaces
en lo que a mí me sobrecoge tanto.

Recuerdan de algún modo
a esas plantas que se hallan junto al mar,
donde ya no hacen pie,
y no delatan timidez alguna.

Nos es extraña la naturaleza.
Los que más hablan de ella
jamás han traspasado su hechizada mansión
ni han hecho comprensible su fantasma.

Compadecer a quien no la conoce
se evita por la pena
de aquel que la conoce, y la conoce menos
cuanto más cerca de ella logra estar.

1428 WATER makes many Beds
For those averse to sleep –
Its awful chamber open stands –
Its Curtains blandly sweep –
Abhorrent is the Rest
In undulating Rooms
Whose Amplitude no end invades –
Whose Axis never comes.

1428 MULTIPLICA los lechos
el agua al que no duerme.
Su horrible habitación se queda abierta,
sus cortinas se mueven suavemente.
El descanso resulta aborrecible
en ondulantes cuartos
cuya amplitud no acaba en un final
y nunca llega un eje.

1653 AS we pass Houses musing slow
If they be occupied
So minds pass minds
If they be occupied.

1653 COMO cruzamos casas, despacio, cavilando
si se hallan habitadas,
así cruzan las mentes entre mentes pensando
si se hallan habitadas.

1764

THE saddest noise, the sweetest noise,
The maddest noise that grows, –
The birds, the make it in the spring,
At night's delicious close.

Between the March and April line –
That magical frontier
Beyond which summer hesitates,
Almost too heavenly near.

It makes us think of all the dead
That sauntered with us here,
By separation's sorcery
Made cruelly more dear.

It makes us think of what we had,
And what we now deplore.
We almost wish those siren throats
Would go and sing no more.

An ear can break a human heart
As quickly as a spear,
We wish the ear had not a heart
So dangerously near.

1764 EL más triste sonido, el más dulce sonido,
el más loco sonido que se extiende,
lo hacen las aves en la primavera
en el final supremo de la noche.

En la línea que va de marzo a abril,
esa frontera mágica
tras la que se insinúa ya el verano,
casi muy cerca de lo celestial.

Y nos hace pensar en nuestros muertos,
que por aquí vagaban con nosotros
por el hechizo que hay en la distancia
ahora cruelmente más queridos.

Hace pensar en cuanto poseímos
y ahora deploramos.
Casi ansiamos que tales gargantas de sirenas
se vayan lejos y no canten más.

Un oído es capaz de hacer pedazos el corazón del hombre
con tanta rapidez como una lanza.
Ojalá que el oído no estuviera
tan peligrosamente cerca del corazón.

SU PROPIA COMPAÑÍA ELIGE EL ALMA

Sobre el amor

47 HEART! We will forget him!
You and I – tonight!
You may forget the warmth he gave –
I will forget the light!

When you have done, pray tell me
That I may straight begin!
Haste! lest while you're lagging
I remember him!

162 MY River runs to thee –
Blue Sea! Wilt welcome me?
My River waits reply –
Oh Sea – look graciously –
I'll fetch thee Brooks
From spotted nooks –
Say– Sea –Take *Me*!

47 CORAZÓN, ya verás, le olvidaremos.
Esta noche. Tú y yo.
Tú puedes olvidar su calidez,
yo olvidaré su luz.

Cuando hayas acabado, dímelo
y empezaré al instante.
Date prisa, que mientras te retrasas
vuelvo a acordarme de él.

162 MI río va hacia ti.
Mar azul, ¿me darás la bienvenida?
Mi río aguarda réplica.
Oh, mar, sé tu propicio.
Traeré mis arroyuelos
desde diseminados territorios.
Habla, mar. Tómame.

205

I should not dare to leave my friend,
Because – because if he should die
While I was gone – and I – too late –
Should reach the Heart that wanted me –

If I should disappoint the eyes
That hunted – hunted so – to see –
And could not bear to shut until
They «noticed» me – they noticed me –

If I should stab the patient faith
So sure I'd come – so sure I'd come –
It *listening* – listening – went to sleep –
Telling my tardy name –

My Heart would wish it broke before –
Since breaking then – since breaking then –
Were useless as next morning's sun –
Where midnight frosts – had lain!

205 JAMÁS me atrevería a dejar a mi amigo,
porque si se muriese
sin estar yo a su lado y, demasiado tarde,
llegase al corazón que me quería;

si yo decepcionase a aquellos ojos
que buscaban, buscaban solo verme
y no podían soportar cerrarse
hasta no contemplarme, contemplarme;

si apuñalase la paciente fe
tan segura, segura de mi vuelta
que escuchando, escuchando se durmió
tras pronunciar mi nombre, demorado;

mi pecho anhelaría haberse roto antes
pues el romperse entonces, ay, entonces,
sería tan inútil como el sol que da al día siguiente
donde había yacido la helada a medianoche.

254 «HOPE» is the thing with feathers –
That perches in the soul –
And sings the tune without the words –
And never stops – at all –

And sweetest – in the Gale – is heard –
And sore must be the storm –
That could abash the little Bird
That kept so many warm –

I've heard it in the chillest land –
And on the strangest Sea –
Yet, never, in Extremity,
It asked a crumb – of Me.

254 ES siempre la esperanza un ser de plumas
que en el alma se posa
y canta su tonada sin palabras
interminablemente.

Suena muy dulce sobre el temporal.
Terrible habrá de ser esa tormenta
que abata al leve pájaro
que nos dio su calor.

Lo he escuchado en la tierra más helada
y en el mar más extraño,
y en los peores trances
ni un pedazo de pan pidió de mí.

288

I'M Nobody! Who are you?
Are you – Nobody – Too?
Then there's a pair of us?
Don't tell! they'd advertise – you know!

How dreary – to be – Somebody!
How public – like a Frog –
To tell one's name – the livelong June –
To an admiring Bog!

298

ALONE, I cannot be –
For Hosts – do visit me –
Recordless Company –
Who baffle Key –

They have no Robes, nor Names –
No Almanacs – nor Climes –
But general Homes
Like Gnomes –

Their Coming, may be known
By Couriers within –
Their going – is not –
For they're never gone –

288 SOY nadie. ¿Y tú quién eres?
¿Eres nadie también?
Entonces somos dos.
Cállatelo. Lo anunciarían. ¿Sabes?

Qué aburrido ser alguien.
Qué público, cual rana,
decir tu nombre todo el santo junio
a un pantano admirado.

298 SOLA no puedo estar,
pues me visitan huéspedes,
compañías no vistas
que a toda llave escapan.

No tienen nombres, túnicas,
calendarios ni climas;
sí un impreciso hogar,
como los duendes.

Su llegada se sabe
por correos internos;
mas no así su partida,
porque no se van nunca.

303 THE Soul selects her own Society –
Then – shuts the Door –
To her divine Majority –
Present no more –

Unmoved – she notes the Chariots – pausing –
At her low Gate –
Unmoved – an Emperor be kneeling
Upon her Mat –

I've known her – from an ample nation –
Choose One –
Then – close the Valves of her attention –
Like Stone –

421 A Charm invests a face
Imperfectly beheld –
The Lady dare not lift her Veil
For fear it be dispelled –

But peers beyond her mesh –
And wishes – and denies –
Lest Interview – annul a want
That Image – satisfies –

303

SU propia compañía elige el alma.
Después cierra la puerta,
para que a su divina comandancia
nadie más se presente.

Firme escucha a carrozas detenerse
ante su humilde entrada,
y firme sigue aunque un emperador
se arrodille en su estera.

Yo he visto cómo de una nación vasta
solo escogía a uno, y justo entonces
cerraba sus compuertas de atención
lo mismo que una piedra.

421

UN hechizo especial adquiere un rostro
si es tan solo entrevisto.
La dama no se atreve a alzar el velo
por temor a que, así, se desvanezca.

Sino que mira atenta tras su gasa
y se debate en dudas
por si el encuentro anula la querencia
que la imagen alienta.

478 I had no time to Hate –
Because
The Grave would hinder Me –
And Life was not so
Ample I
Could finish – Enmity –

Nor had I time to Love –
But since
Some Industry must be –
The little Toil of Love –
I thought
Be large enough for Me –

818 I could not drink it, Sweet,
Till You had tasted first,
Though cooler than the Water was
The Thoughtfulness of Thirst.

478 TIEMPO de odiar no tuve,
porque
la tumba me lo impediría
y la vida no era
tan amplia como para
llevar hasta el final enemistades.

Tampoco tuve tiempo para amar,
sino que, como
algo muy laborioso debe ser
el pequeño trabajo del amor,
yo lo supuse
lo bastante excesivo para mí.

818 YO no pude beberla
hasta haberla probado tú primero.
Aunque me supo más fresca que el agua
la obsesión por la sed.

1013 TOO scanty 'twas to die for you,
The merest Greek could that.
The living, Sweet, is costlier –
I offer even that –

The Dying, is a trifle, past,
But living, this include
The dying multifold – without
The Respite to be dead.

1013 MORIR por ti era muy insuficiente:
el griego más normal podría hacerlo.
El existir, amado, es más costoso
y yo te ofrezco eso.

Morir es bagatela,
pero el vivir incluye
un morir multiforme,
sin el descanso que es el estar muerto.

1101 BETWEEN the form of Life and Life
The difference is as big
As Liquor at the Lip between
And Liquor in the Jug
The latter – excellent to keep –
But for ecstatic need
The corkless is superior –
I know for I have tried.

1404 MARCH is the Month of Expectation.
The things we do not know –
The Persons of prognostication
Are coming now –
We try to show becoming firmness –
But pompous Joy
Betrays us, as his first Betrothal
Betrays a Boy.

1101 ENTRE la forma externa de la vida y la vida
la diferencia es grande.
La que hay entre un licor en la botella
y un licor en los labios.
La botella es perfecta si conservarlo quieres.
Mas si lo exige el éxtasis,
abrirla es lo mejor.
Quien lo probó lo sabe.

1404 MARZO es un mes que causa expectación.
Las cosas se nos muestran de otra forma.
Numerosas personas intuidas
se presentan de pronto.
Intentamos mostrar decorosa firmeza,
mas una enorme dicha
nos delata, lo mismo que su primer noviazgo
delata siempre al joven.

1640 TAKE all away from me, but leave me Ecstasy,
And I am richer then than all my Fellow Men –
Ill it becometh me to dwell so wealthily
When at my very Door are those possessing more,
In abject poverty –

1654 BEAUTY crowds me till I die
Beauty mercy have on me
But if I expire today
Let it be in sight of thee –

1640 QUITADME todo, mas dejadme el éxtasis.
Seré más rica que mis conocidos.
Me acongoja habitar en la abundancia
cuando a mi puerta hay quien posee más
en abyecta miseria.

1654 LA belleza me ahoga, hasta matarme.
Oh, sí, belleza, ten piedad de mí.
Aunque, si muero hoy,
deja que sea viéndote.

ESTE CORAZÓN TANTAS VECES ROTO

Sobre el dolor y la angustia

119 TALK with prudence to a Beggar
Of «Potosi», and the mines!
Reverently, to the Hungry
Of your viands, and your wines!

Cautious, hint to any Captive
You have passed enfranchised feet!
Anecdotes of air in Dungeons
Have sometimes proved deadly sweet!

125 FOR each ecstatic instant
We must an anguish pay
In keen and quivering ratio
To the ecstasy.

For each beloved hour
Sharp pittances of years –
Bitter contested farthings –
And Coffers heaped with Tears!

119 HABLADLES con prudencia a los mendigos
de Potosí y las minas;
humildes, al hambriento
de vuestros vinos y vuestros manjares.

A un prisionero insinuadle, cautos,
por dónde fueron vuestros libres pies.
El recuerdo del aire, en una cárcel,
resulta a veces de letal dulzura.

125 POR cada instante sumo
pagamos con angustia,
en temblorosa y viva
proporción, ese éxtasis.

Por cada amada hora,
crudas miserias de años,
peniques disputados agriamente,
cofres llenos de llanto.

145 THIS heart that broke so long –
These feet that never flagged –
This faith that watched for star in vain,
Give gently to the dead –

Hound cannot overtake the Hare
That fluttered panting, here –
Nor any schoolboy rob the nest
Tenderness builded there.

189 IT'S such a little thing to weep –
So short a thing to sigh –
And yet – by Trades – the size of *these*
We men and women die!

145 ESTE corazón tantas veces roto,
estos dos pies nunca desfallecientes,
esta fe que aguardó a la estrella en vano,
suavemente entregadlos a los muertos.

Jamás el galgo atrapará a la liebre
que, jadeante, ha palpitado aquí,
ni cualquier colegial robará el nido
construido con tal delicadeza.

189 QUÉ leve cosa el llanto,
qué fugaz un suspiro
y, no obstante, por artes tan pequeñas
los hombres y mujeres nos morimos.

264 A Weight with Needles on the pounds –
To push, and pierce, besides –
That if the Flesh resist the Heft –
The puncture – coolly tries –

That not a pore be overlooked
Of all this Compound Frame –
As manifold for Anguish –
As Species – be – for name –

264 UN peso con agujas en su carga,
para empujar, y perforar también.
Que, si la carne aguanta tal presión,
con calma actúe lo punzante entonces.

Que no pase por alto ningún poro
del cuerpo heterogéneo,
tan múltiple en su angustia, como son
múltiples las especies y sus nombres.

341 AFTER great pain, a formal feeling comes –
The Nerves sit ceremonious, like Tombs –
The stiff Heart questions was it He, that bore,
And Yesterday, or Centuries before?

The Feet, mechanical, go round –
Of Ground, or Air, or Ought–
A Wooden way
Regardless grown,
A Quartz contentment, like a stone –

This is the Hour of Lead –
Remembered, if outlived,
As Freezing persons, recollect the Snow –
First – Chill – then Stupor – then the letting go –

540 I took my Power in my Hand –
And went against the World –
'Twas not so much as David – had –
But I – was twice as bold –

I aimed my Pebble – but Myself
Was all the one that fell –
Was it Goliath – was too large –
Or was myself – too small?

341 UN gran dolor deja tras sí solemnes sensaciones:
se te asientan los nervios como tumbas,
pregunta el yerto pecho si él fue quien lo sufrió,
y si ayer o hace siglos.

Mecánicos, los pies, van dando vueltas,
en el suelo, en el aire y en la nada.
Un confuso camino
surgido de repente.
Un contento de cuarzo, como roca.

Esta hora de plomo
es recordada si sobrevivimos
cual recuerdan la nieve los que en ella se helaron:
primero frialdad, luego estupor y luego ya ceder.

540 CON la fuerza en mi mano,
me lancé contra el mundo.
No tenía el vigor yo de David,
pero sí más valor.

Apunté con mi honda, y al final
me derribé a mí misma.
¿Goliath era un gigante
o era yo muy pequeña?

670 ONE need not be a Chamber – to be Haunted –
One need not be a House –
The Brain has Corridors – surpassing
Material Place –

Far safer, of a Midnight Meeting
External Ghost
Than its interior Confronting –
That Cooler Host.

Far safer, through an Abbey gallop,
The Stones a'chase –
Than Unarmed, one's a'self encounter –
In lonesome Place –

Ourself behind ourself, concealed –
Should startle most –
Assassin hid in our Apartment
Be Horror's least.

The Body – borrows a Revolver –
He bolts the Door –
O'erlooking a superior spectre –
Or More –

670 UNO no necesita ser alcoba para estar encantado.
No hay que ser una casa.
En la mente hay pasillos superiores
a un lugar material.

Es mucho más seguro hallar a medianoche
a un externo fantasma,
que encararte en ti mismo
con el más frío huésped.

Es mucho más seguro un galope a través de un monasterio
–persecución de losas–,
que, desarmado, uno, combatir contra sí
en un lugar sin nadie.

Nosotros mismos, ahí escondidos tras nosotros mismos,
nos asustamos más.
El asesino oculto en nuestro piso
menos horror nos causa.

Pide prestado el cuerpo algún revólver y echa
en la puerta el cerrojo,
descuidando a un espectro superior.
O a muchos más.

686 THEY say that «Time assuages» –
Time never did assuage –
An actual suffering strengthens
As Sinews do, with age –

Time is a Test of Trouble –
But not a Remedy –
If such it prove, it prove too
There was no Malady –

744 REMORSE – is Memory – awake –
Her Parties all astir –
A Presence of Departed Acts –
At window – and at Door –

Its Past – set down before the Soul
And lighted with a Match –
Perusal – to facilitate –
And help Belief to stretch –

Remorse is cureless – the Disease
Not even God – can heal –
For 'tis His institution – and
The Adequate of Hell –

686 DICEN que el tiempo cura.
No curó nunca el tiempo
el real sufrimiento, que se afirma,
como hacen los tendones con la edad.

Es el tiempo la prueba del dolor
en vez de su remedio.
Quien demuestra lo opuesto, así demuestra
que nunca estuvo enfermo.

744 ES el remordimiento memoria bien despierta,
con todas sus facciones siempre activas.
Una presencia de actos que se fueron
y están en la ventana y a la puerta.

El pasado sentado frente al alma
e iluminado con un simple fósforo.
Lectura atenta para fomentar
y ayudar a extender la propia fe.

Es el remordimiento incurable dolencia.
Ni tan siquiera Dios puede calmarla,
pues es su institución
y lo adecuado para el mismo infierno.

762 THE Whole of it came not at once –
'Twas Murder by degrees –
A Thrust – and then for Life a chance –
The Bliss to cauterize –

The Cat reprieves the Mouse
She eases from her teeth
Just long enough for Hope to tease –
Then mashes it to death –

'Tis Life's award – to die –
Contenteder if once –
Than dying half – then rallying
For consciouser Eclipse –

762 NO llegó lo completo de inmediato.
Hubo un asesinato paulatino,
una estocada y, luego, una oportunidad nueva de vida,
el entusiasmo de cauterizar.

Los gatos así indultan al ratón,
aflojando sus dientes
lo justo para dar alas a la esperanza
y entonces destrozarlo.

Morir es la sentencia de esta vida.
Mejor si es de una vez
que no a medias morir y reanimarse
para un eclipse mucho más consciente.

875 I stepped from Plank to Plank
A slow and cautious way
The Stars about my Head I felt
About my Feet the Sea.

I knew not but the next
Would be my final inch –
This gave me that precarious Gait
Some call Experience.

919 IF I can stop one Heart from breaking
I shall not live in vain
If I can case one Life the Aching
Or cool one Pain

Or help one fainting Robin
Unto his Nest again
I shall not live in Vain.

875 DE tablón en tablón fui dando pasos
por un lento camino cauteloso.
Sentí sobre mi frente las estrellas
y el mar entre mis pies.

Supe siempre que el próximo
era el tramo final,
lo que me ocasionó el precario andar
que algunos denominan «experiencia».

919 SI yo puedo evitar que un corazón se pare,
no habré vivido en vano.
Si yo puedo aliviarle a una vida el dolor
o calmar una pena;

si ayudo a un desmayado petirrojo
y lo llevo de nuevo hasta su nido,
no habré vivido en vano.

1010 UP Life's Hill with my little Bundle
If I prove it steep –
If a Discouragement withhold me –
If my newest step

Older feel than the Hope that prompted –
Spotless be from blame
Heart that proposed as Heart that accepted
Homelessness, for Home –

1010 COLINA arriba de la vida voy, con mi pequeño bulto.
Si la encuentro escarpada,
si el desánimo cunde y me detiene,
si el paso más reciente

siento mucho más viejo que la esperanza que me espoleaba,
queden limpios de culpa
lo mismo el corazón que lo propuso como el que lo aceptó,
sin hogar, hacia uno.

1242 TO flee from memory
Had we the Wings
Many would fly
Inured to slower things
'Birds with surprise
Would scan the cowering Van
Of men escaping
From the mind of man.

1677 ON my volcano grows the Grass
A meditative spot –
An acre for a Bird to choose
Would be the General thought –

How red the Fire rocks below –
How insecure the sod
Did I disclose
Would populate with awe my solitude.

1242 PARA escaparnos de nuestra memoria,
si tuviésemos alas
muchos las usaríamos.
Habituados a más lentas cosas,
pájaros sorprendidos
escrutarían la cobarde marcha
de los hombres huyendo
de sus mentes de hombres.

1677 CRECE la hierba sobre mi volcán.
Un paraje que invita a la reflexión,
un lugar para ser buscado por un pájaro,
podría suponer toda la gente.

Qué rojo fuego aquí, bajo las rocas.
Qué inseguro el terreno.
Si yo lo destapase,
poblaría de horror mi soledad.

EL RASTRO DE LA LUZ

Sobre la luz

87 A darting fear – a pomp – a tear –
A waking on a morn
To find that what one waked for,
Inhales the different dawn.

89 SOME things that fly there be –
Birds – Hours – the Bumblebee –
Of these no Elegy.

Some things that stay there be –
Grief – Hills – Eternity –
Nor this behooveth me.

There are that resting, rise.
Can I expound the skies?
How still the Riddle lies!

87 UN temor huidizo, una pompa, una lágrima,
un despertarse en la mañana y ver
que aquello que nos hizo despertar
respira en otra aurora.

89 ENTRE las cosas que vuelan, están
los pájaros, las horas, las abejas.
Aquí no hay elegía.

Entre las cosas que están quietas se halla
la eternidad, la pena, las colinas.
Tampoco me conciernen.

Están también las que, en reposo, se alzan.
¿Puedo explicar los cielos?
Qué silencioso tiéndese el enigma.

101 WILL there really be a «Morning»?
Is there such a thing as «Day»?
Could I see it from the mountains
If I were as tall as they?

Has it feet like Water lilies?
Has it feathers like a Bird?
Is it brought from famous countries
Of which I have never heard?

Oh some Scholar! Oh some Sailor!
Oh some Wise Man from the skies!
Please to tell a little Pilgrim
Where the place called «Morning» lies!

233 THE Lamp burns sure – within –
Tho' Serfs – supply the Oil –
It matters not the busy Wick –
At her phosphoric toil!

The Slave – forgets – to fill –
The Lamp – burns golden – on –
Unconscious that the oil is out –
As that the Slave – is gone.

101 ¿EXISTIRÁ en verdad una «Mañana»?
¿Existirá lo que llamamos «Día»?
¿Podría verlo desde las montañas
si yo fuese tan alta como ellas?

¿Y tendrá pies igual que los nenúfares?
¿Plumas como los pájaros?
¿Será traído de remotas tierras
de las que yo jamás escuché hablar?

Oh, dónde el erudito, el marinero,
oh, dónde el sabio astrólogo
que diga a esta pequeña peregrina
en qué lugar esa «Mañana» está.

233 ARDE dentro la lámpara, segura.
Aunque los siervos traigan el aceite,
ello nada le importa a la mecha ocupada
en ese afán fosfórico.

El esclavo se olvida de llenarla.
La lámpara, dorada, sigue ardiendo
sin saber que el aceite se agotó
y el esclavo se ha ido.

243 I'VE known a Heaven, like a Tent
To wrap its shining Yards –
Pluck up its stakes, and disappear –
Without the sound of Boards
Or Rip of Nail – Or Carpenter –
But just the miles of Stare –
That signalize a Show's Retreat –
In North America –

No Trace – no Figment of the Thing
That dazzled, Yesterday,
No Ring – no Marvel–
Men, and Feats –
Dissolved as utterly –
As Bird's far Navigation
Discloses just a Hue –
A plash of Oars, a Gaiety –
Then swallowed up, of View.

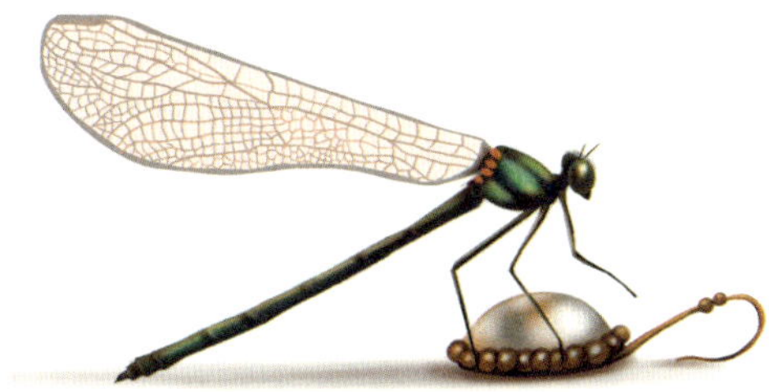

243 HE visto a un cielo, idéntico a una carpa,
sus relucientes mástiles guardar,
arrancar sus estacas, y desaparecer.
Sin ruidos de tablones,
sin chirridos de clavos, sin ningún carpintero.
Con esa hondura en la mirada fija
que acompaña la marcha de algún circo
en Norteamérica.

Ni huella ni señal
de lo que aquí nos deslumbró hace poco,
ni pista ni actuación.
Hombres y habilidades
se disolvieron absolutamente.
Como la singladura lejana de algún pájaro
revela apenas un leve matiz,
un oscilar de remos, una dicha,
para hundirse después en la distancia.

258

THERE'S a certain Slant of light,
Winter Afternoons –
That oppresses, like the Heft
Of Cathedral Tunes –

Heavenly Hurt, it gives us –
We can find no scar,
But internal difference,
Where the Meanings, are –

None may teach it – Any –
'Tis the Seal Despair –
An imperial affliction
Sent us of the Air –

When it comes, the Landscape listens –
Shadows – hold their breath –
When it goes, 'tis like the Distance
On the look of Death –

258 CIERTAS inclinaciones de la luz
en las tardes de invierno
nos abruman lo mismo
que la música en una catedral.

Herida de lo alto,
no deja cicatriz.
Lo alterado está dentro,
donde mora el sentido.

Nadie puede explicarla.
Es sello de la angustia.
Soberana aflicción
que nos llega del aire.

Cuando se acerca, hasta el paisaje atiende,
y las sombras contienen el aliento.
Cuando se marcha, es como la distancia
en un rostro de muerte.

266 THIS – is the land – the Sunset washes –
These – are the Banks of the Yellow Sea –
Where is rose – or whither is rushes –
These – are the Western Mystery!

Night after Night
Her purple traffic
Strews the landing with Opan Bales –
Merchantmen – poise upon Horizons –
Dip – and vanish like Orioles!

268 ME, change! Me, alter!
Then I will, when on the Everlasting Hill
A Smaller Purple grows –
At sunset, or a lesser glow
Flickers upon Cordillera –
At Day's superior close!

266 ESTOS son los parajes que el sol poniente baña,
las costas del Mar Amarillo,
donde se eleva o adonde se arroja:
estos son los misterios del ocaso.

Noche tras noche
un purpúreo ajetreo
siembra el embarcadero de fardos opalinos.
Buques, allá a lo lejos, hacen equilibrismos.
Sumérgense y se borran lo mismo que oropéndolas.

268 ¡YO, cambiar! ¡Yo, variar!
Lo haré quizás cuando en la eterna cima
surja más reducida la púrpura al ocaso
o un resplandor menor
tiemble en la cordillera
ante el supremo cierre de los días.

291 HOW the old Mountains drip with Sunset
How the Hemlocks burn –
How the Dun Brake is draped in Cinder
By the Wizard Sun –

How the old Steeples hand the Scarlet
Till the Ball is full –
Have I the lip of the Flamingo
That I dare to tell?

Then, how the Fire ebbs like Billows –
Touching all the Grass
With a departing – Sapphire – feature –
As a Duchess passed.

How a small Dusk crawls on the Village
Till the Houses blot
And the odd Flambeau, no men carry
Glimmer on the Street –

How it is Night – in Nest and Kennel –
And where was the Wood –
Just a Dome of Abyss is Bowing
Into Solitude –

These are the Visions flitted Guido –
Titian – never told –
Domenichino dropped his pencil –
Paralyzed, with Gold –

291 CÓMO los viejos montes rezuman al ocaso,
cómo arden los abetos,
cómo pardos helechos son cubiertos de brasas
por la magia del sol.

Cómo los campanarios la escarlata manejan
hasta acabar su ovillo.
¿Acaso tengo labios de flamenco,
que me atrevo a contarlo?

Después, cómo ese fuego decae hecho una ola
que tocara la hierba con un gesto
de huidizo zafiro,
cual duquesa al pasar.

Cómo una leve sombra se arrastra por el pueblo
y emborrona las casas
mientras la extraña antorcha que no portan los hombres,
débil, brilla en la calle.

Cómo es de noche en nidos y refugios,
y donde había un bosque
un abismo hecho bóveda se arquea
en total soledad.

Estas son las visiones que escaparon a Guido,
que no contó Tiziano, que le hicieron dejar
caer todo pincel a Domenico,
paralizado por un oro así.

294 THE Doomed – regard the Sunrise
With different Delight –
Because – when next it burns abroad
They doubt to witness it –

The Man – to die – tomorrow –
Harks for the Meadow Bird –
Because its Music stirs the Axe
That clamors for his head –

Joyful – to whom the Sunrise
Precedes Enamored – Day –
Joyful – for whom the Meadow Bird
Has ought but Elegy!

294 LOS condenados miran hacia el alba
con diferente gozo
porque cuando ella vuelva a brillar fuera
dudan estar presentes.

El hombre que mañana ha de morir
presta atención al ave en la pradera
porque su son hace mover el hacha
que clama por su cuello.

Dichoso aquel para el que la alborada
anuncia solo el día enamorado.
Dichoso el que del ave en la pradera
espera todo menos la elegía.

692

THE Sun kept setting – setting – still
No Hue of Afternoon –
Upon the Village I perceived –
From House to House 'twas Noon –

The Dusk kept dropping – dropping –still
No Dew upon the Grass –
But only on my Forehead stopped –
And wandered in my Face –

My Feet kept drowsing – drowsing – still
My fingers were awake
Yet why so little sound – Myself
Unto my Seeming – make?

How well I knew the Light before –
I could see it now –
'Tis Dying – I am doing – but
I'm not afraid to know –

692

SEGUÍA el sol poniéndose, poniéndose
y, no obstante, yo no podía ver
el color de la tarde sobre el pueblo.
En cada casa era mediodía.

El ocaso seguía cayéndose, cayéndose
y, no obstante, no había rocío entre la hierba.
Solo sobre mi frente se posaba
recorriendo mi rostro.

Mis pies continuaban durmiéndose, durmiéndose,
pero estaban mis dedos bien despiertos.
¿Por qué entonces yo misma en apariencia
tan poco ruido hago?

Qué bien yo conocía la luz antes
de poder verla ahora,
muriendo, como yo, cuando ya nada
temía conocer.

1278 THE Mountains stood in Haze –
The Valleys stopped below
And went or waited as they liked
The River and the Sky.

At leisure was the Sun –
His interests of Fire
A little from remark withdrawn –
The Twilight spoke the Spire,

So soft upon the Scene
The Act of evening fell
We felt how neighborly a Thing
Was the Invisible.

1278 LAS montañas se erguían en la niebla.
Los valles se pararon allá abajo.
Y andaban o esperaban
río o cielo a su gusto.

Ocioso estaba el sol.
Su interés por el fuego
algo alejado de lo reseñable.
El crepúsculo hablábale a la cima.

Tan suave era la escena,
el acto de caída de la tarde,
que sentimos qué próximo a nosotros
estaba lo invisible.

Y MIRAMOS MÁS LEJOS

Sobre poesía y poética

80 OUR lives are Swiss –
So still – so Cool –
Till some odd afternoon
The Alps neglect their Curtains
And we look farther on!

Italy stands the other side!
While like a guard between –
The solemn Alps –
The siren Alps
Forever intervene!

135 WATER, is taught by thirst.
Land – by the Oceans passed.
Transport – by throe –
Peace – by its battles told –
Love, by Memorial Mold –
Birds, by the Snow.

80 VIVIMOS como suizos,
tan tranquilos, tan fríos.
Y una tarde sin par
los Alpes desatienden sus cortinas
y miramos más lejos.

Italia se alza justo al otro lado,
mientras como vigías, entremedias,
esos solemnes Alpes,
esos Alpes, sirenas,
por siempre se interponen.

135 EL agua es revelada por la sed;
la tierra, por los mares navegados;
el rapto, por la angustia;
la paz, por las batallas relatadas;
el amor, por el limo del recuerdo;
por la nieve, los pájaros.

210 THE thought beneath so slight a film –
Is more distinctly seen –
As laces just reveal the surge –
Or Mists – the Apennine.

449 I died for Beauty – but was scarce
Adjusted in the Tomb
When One who died for Truth, was lain
In an adjoining Room –

He questioned softly «Why I failed»?
«For Beauty», I replied –
«And I – for Truth – Themself are One –
We Brethren, are», He said –

And so, as Kinsmen, met a Night –
We talked between the Rooms –
Until the Moss had reached our lips –
And covered up – our names –

210 BAJO tan leve nube, el pensamiento
se ve más claramente.
Como el encaje revela las olas
o las brumas, los montes Apeninos.

449 MORÍ por la Belleza, pero estaba aún apenas
ajustada en mi tumba,
cuando alguien que murió por la Verdad, y que estaba tendido
en el cuarto de al lado

me preguntó en voz baja por qué yo había muerto.
«Por la Belleza», dije.
«Y yo por la Verdad. Ambas son una misma,
así que hermanos somos», dijo él.

Igual que unos parientes que una noche se encuentran,
hablamos de una a otra habitación,
hasta que el musgo nos cubrió los labios
y borró nuestros nombres.

526

TO hear an Oriole sing
May be a common thing –
Or only a divine.

It is not of the Bird
Who sings the same, unheard,
As unto Crowd –

The Fashion of the Ear
Attireth that it hear
In Dun, or fair –

So whether it be Rune,
Or whether it be none
Is of within.

The «Tune is in the Tree – »
The Skeptic – showeth me –
«No Sir! In Thee!»

526 OÍR a una oropéndola cantar
puede ser una cosa muy común
y también un milagro.

No depende del pájaro,
que canta siempre igual, lo mismo solo
que ante una multitud.

Cada clase de oído
engalana lo que oye
ya de luz, ya de gris.

Así, si es un misterio
o, en cambio, no lo es,
lo es antes dentro.

«El ave está en el árbol»,
me indica algún escéptico.
No, señor: ¡en usted!

613 THEY shut me up in Prose –
As when a little Girl
They put me in the Closet –
Because they liked me «still» –

Still! Could themself have peeped –
And seen my Brain – go round –
They might as wise have lodged a Bird
For Treason – in the Pound –

Himself has but to will
And easy as a Star
Abolish his Captivity –
And laugh – No more have I –

613 ME encierran en la prosa.
Como cuando era niña
en el cuarto trastero me encerraban
si no me estaba quieta.

¿Quieta? ¡Ni hablar! ¡Si hubiesen espiado
y hubiesen visto divagar mi mente!
Podrían, de igual forma, haber metido un pájaro
en una celda al uso, por traición.

Él solo con quererlo,
ligero como un astro,
con su prisión termina
riendo para sí.
Tal hago yo.

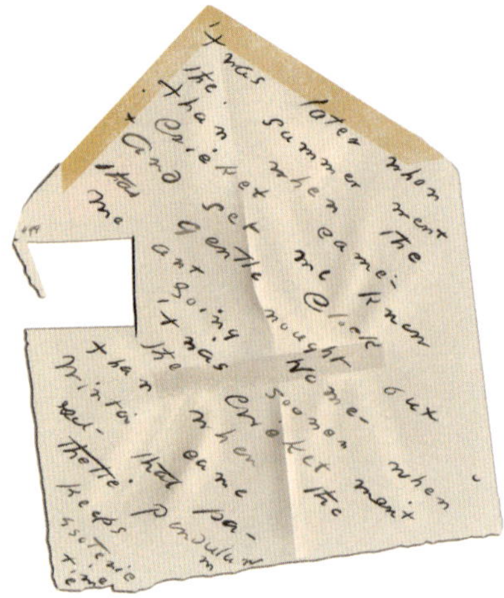

642 ME from Myself – to banish –
Had I Art –
Impregnable my Fortress
Unto All Heart –

But since Myself – assault Me –
How have I peace
Except by subjugating
Consciousness?

And since We're mutual Monarch
How this be
Except by Abdication –
Me – of Me?

642 EXPULSARME a mí misma de mí misma,
ojalá yo supiera.
Son siempre inexpugnables
las murallas de todo corazón.

Mas, puesto que combato en contra mía,
¿cómo alcanzar la paz,
de no ser subyugando
a mi propia conciencia?

Y si somos las dos mutuo monarca,
¿cómo lo podré hacer,
de no ser abdicando
yo de mí?

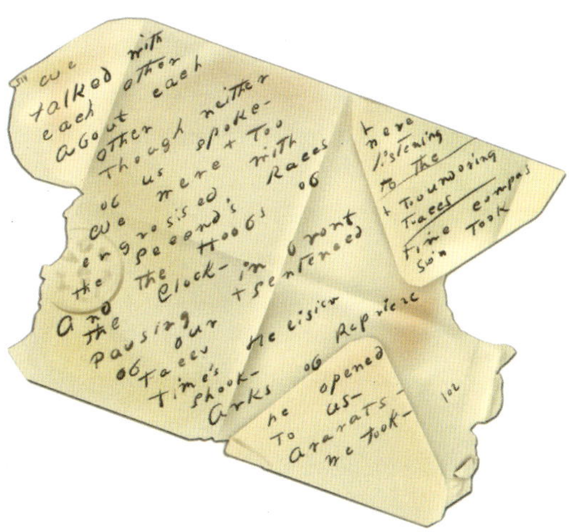

701 A Thought went up my mind today –
That I have had before –
But did not finish – some way back –
I could not fix the Year –

Nor where it went – nor why it came
The second time to me –
Nor definitely, what it was –
Have I the Art to say –

But somewhere – in my Soul – I know –
I've met the Thing before –
It just reminded me – 'twas all –
And came my way no more –

701 ME vino hoy a la mente un pensamiento
que ya había tenido,
mas que no concluí, sendas atrás;
yo no podría precisar el año,

ni adónde se marchó, ni por qué ha vuelto
una vez más a mí,
ni qué fue exactamente,
aunque tuviera el arte de decirlo.

Pero en alguna parte, y en mi alma –lo sé–
me he encontrado con esto mucho antes.
Ello tan solo me lo ha recordado. Nada más.
Y ya ha vuelto a alejarse de mi vida.

780 THE Truth – is stirless –
Other force – may be presumed to move –
This – then – is best for confidence –
When oldest Cedars swerve –

And Oaks untwist their fists –
And Mountains – feeble – lean –
How excellent a Body, that
Stands without a Bone –

How vigorous a Force
That holds without a Prop –
Truth stays Herself – and every man
That trusts Her – boldly up –

932 MY best Acquaintances are those
With Whom I spoke no Word –
The Stars that stated come to Town
Esteemed Me never rude
Although to their Celestial Call
I failed to make reply –
My constant – reverential Face
Sufficient Courtesy.

780 LA verdad no es cambiante.
Otras fuerzas podrán presumir de dinámicas.
Esta, en cambio, resulta más fiable
cuando el más viejo cedro ya se encorva,

sus puños entreabre el propio roble,
y las montañas, débiles, se inclinan.
Qué excelente es un cuerpo
que sin huesos se yergue.

Qué vigor en la fuerza
sin puntal erigida.
La verdad se sostiene sobre sí, y las personas
que a ella se confían, valientemente se alzan.

932 MIS mejores amigos son aquellos
con quienes no he cruzado una palabra.
Los astros que anunciaron venir a la ciudad
no me juzgaron nunca descortés,
pese a que a su llamada de lo alto
no supe dar respuesta.
Mi faz reverencial, imperturbable,
fue siempre suficiente cortesía.

998 BEST Things dwell out of Sight
The Pearl – the Just – Our Thought.

Most shun the Public Air
Legitimate, and Rare –

The Capsule of the Wind
The Capsule of the Mind

Exhibit here, as doth a Burr –
Germ's Germ be where?

998 LAS cosas superiores nunca están a la vista:
la perla, la justicia, el pensamiento.

La mayoría evita el aire público,
lo legítimo y raro.

La cápsula del viento,
también la de la mente,

son expuestas aquí, como un abrojo.
Pero ¿el germen del germen dónde está?

1126 SHALL I take thee, the Poet said
To the propounded word?
Be stationed with the Candidates
Till I have finer tried –

The Poet searched Philology
And when about to ring
For the suspended Candidate
There came unsummoned in –

That portion of the Vision
The Word applied to fill
Not unto nomination
The Cherubin reveal –

1129 TELL all the Truth but tell it slant –
Success in Circuit lies
Too bright for our infirm Delight
The Truth's superb surprise
As Lightning to the Children eased
With explanation kind
The Truth must dazzle gradually
Or every man be blind –

1126 «¿HE de emplearte?», preguntó el poeta
a la palabra que consideraba.
«Colócate junto a las candidatas,
hasta que afine más».

Buscó el poeta en la filología
y cuando estaba a punto de avisar
a la desestimada candidata,
sin nombrarla, ella vino.

Tal suerte de visión
pidió llenar el mundo.
Sin que medie llamada
el ángel se revela.

1129 DI toda la verdad, pero dila sesgada.
El éxito consiste en el rodeo.
Para nuestro deleite vacilante, brillante en demasía
es la excelsa sorpresa que encierra la verdad.
Igual que ante los niños, con amables palabras,
quitamos importancia a los relámpagos,
debe resplandecer la verdad gradualmente
o cegará a los hombres.

1142 THE Props assist the House
Until the House is built
And then the Props withdraw
And adequate, erect,
The House support itself
And cease to recollect
The Auger and the Carpenter –
Just such a retrospect
Hath the perfected Life –
A past of Plank and Nail
And slowness – then the Scaffolds drop
Affirming it a Soul.

1142 SOSTIENEN a la casa los puntales,
hasta que se concluye.
Entonces se retiran
y, erguida, por sí sola
se apoya en ella misma
y deja de acordarse
de los taladros y los carpinteros.
Exactamente igual retrospectiva
en una vida ya perfeccionada.
Un pasado de clavos y tablones.
Y lentitud. Después, cae el andamio
reafirmando un alma.

1176

WE never know how high we are
Till we are asked to rise
And then if we are true to plan
Our statures touch the skies –

The Heroism we recite
Would be a normal thing
Did not ourselves the Cubits warp
For fear to be a King –

1603

THE going from a world we know
To one a wonder still
Is like the child's adversity
Whose vista is a hill,
Behind the hill is sorcery
And everything unknown,
But will the secret compensate
For climbing it alone?

1176 NUNCA sabemos lo altos que somos
hasta que se nos pide levantarnos
y si a lo cierto entonces respondemos
tocan los cielos nuestras estaturas.

El heroísmo al que nos referimos
sería algo normal si por nosotros
no fuesen falseadas las medidas
por miedo solo a que seamos reyes.

1603 VENIR de un mundo que es ya conocido
a uno que es todavía incertidumbre
es como la desgracia de ese niño
que tiene una colina por simple panorama.
Detrás de la colina está lo mágico,
todo lo nunca visto.
¿Ese secreto que hay detrás compensa
subir a ella solo?

LAS PUERTAS DEL ENIGMA

Sobre la muerte

45 THERE'S something quieter than sleep
Within this inner room!
It wears a sprig upon its breast –
And will not tell its name.

Some touch it, and some kiss it –
Some chafe its idle hand –
lt has a simple gravity
I do not understand!

I would not weep if I were they –
How rude in one to sob!
Might scare the quiet fairy
Back to her native wood!

While simple-hearted neighbors
Chat of the «Early dead» –
We – prone to periphrasis,
Remark that Birds have fled!

71 A throe upon the features –
A hurry in the breath –
An ecstasy of parting
Denominated «Death» –

An anguish at the mention
Which when to patience grown,
I've known permission given
To rejoin its own.

45 MÁS sosegado aún que el propio sueño
este cuarto interior algo contiene.
Lleva sobre su pecho un ramo mínimo
y no dirá su nombre.

Unos lo tocan, hay quienes lo besan,
otros aprietan su ya ociosa mano.
Tiene una gravedad elemental
que no logro entender.

Yo que ellos aquí no lloraría.
Qué vulgar un sollozo.
Puede asustar al sosegado duende
y hacer que marche al bosque del que vino.

Mientras francos vecinos
conversan sobre el «muerto prematuro»,
nosotros, que admiramos las perífrasis,
decimos que los pájaros volaron.

71 UNA agonía sobre las facciones,
una aceleración en el aliento.
Un éxtasis de irse
denominado «muerte».

Una angustia en el habla
que, al volverse paciencia,
he conocido como aprobación
para volver a unirse con lo propio.

98 ONE dignity delays for all –
One mitred Afternoon –
None can avoid this purple –
None evade this Crown!

Coach, it insures, and footmen –
Chamber, and state, and throng –
Bells, also, in the village
As we ride grand along!

What dignified Attendants!
What service when we pause!
How loyally at parting
Their hundred hats they raise!

How pomp surpassing ermine
When simple You, and I,
Present our meek escutcheon
And claim the rank to die!

98 A todos nos espera una solemnidad:
una mitrada tarde.
Ninguno puede no aceptar su púrpura
ni eludir su corona.

Asegura carruaje con lacayos,
una alcoba, unas tierras, muchedumbre,
y campanas también, entre la aldea,
mientras con majestad la recorremos.

Qué nobles asistentes.
Qué de atenciones cuando nos paramos
y, al marcharnos, con cuánta lealtad
se quitan sus decenas de sombreros.

Qué pompa, superior a todo armiño,
cuando, humildes, tú y yo
mostremos nuestros dóciles blasones
y exijamos el rango de morirnos.

104 WHERE I have lost, I softer tread –
I sow sweet flower from garden bed –
I pause above that vanished head
And mourn.

Whom I have lost, I pious guard
From accent harsh, or ruthless word –
Feeling as if their pillow heard,
Though stone!

When I have lost, you'll know by this –
A Bonnet black – A dusk surplice –
A little tremor in my voice
Like this!

Why, I have lost, the people know
Who dressed in frocks of purest snow
Went home a century ago
Next Bliss!

104

EN donde me he perdido piso suave,
siembro una flor tomada del jardín,
sobre el rostro borrado me detengo
y me aflijo.

A quienes yo perdí, con piedad guardo
del rudo acento o la cruel palabra,
cual si la cabecera de su lecho me oyese.
Aunque es de piedra.

Sabrás por esto cuándo yo he perdido:
por un sombrero negro, o por un velo oscuro
o por un temblor leve de mi voz,
como el de ahora.

La respuesta a por qué perdí la saben
aquellos que con los más níveos hábitos
regresaron a casa hace ya mucho,
junto a la eternidad.

182 IF I shouldn't be alive
When the Robins come,
Give the one in Red Cravat,
A Memorial crumb.

If I couldn't thank you,
Being fast asleep,
You will know I'm trying
With my Granite lip!

182 SI yo ya no viviese
cuando los petirrojos hayan vuelto,
al del pañuelo colorado echadle
migas, en mi memoria.

Que si no os doy las gracias
por estar tan dormida,
notaréis que lo intento
con labios de granito.

207 THO'I get home how late – how late –
So I get home – 'twill compensate –
Better will be the Ecstasy
That they have done expecting me –
When Night – descending – dumb – and dark –
They hear my unexpected knock –
Transporting must the moment be –
Brewed from decades of Agony!

To think just how the fire will burn –
Just how long-cheated eyes will turn –
To wonder what myself will say,
And what itself, will say to me –
Beguiles the Centuries of way!

241 I like a look of Agony,
Because I know it's true –
Men do not sham Convulsion,
Nor simulate, a Throe –

The Eyes glaze once – and that is Death –
Impossible to feign
The Beads upon the Forehead
By homely Anguish strung.

207 AUNQUE llegue tan tarde, tarde a casa,
así el propio llegar compensará,
será mayor el éxtasis,
pues ellos me habrán vuelto a mí expectante.
Cuando caiga la noche oscura y muda
y escuchen mi llamada inesperada
—embelesado instante ha de ser ese
tramado en largos años de agonía—,

pensar entonces cómo arderá el fuego,
cómo verán mis ojos, tanto tiempo engañados,
preguntarme yo misma qué diré,
y qué me dirá lo que
atraviesa centurias en su marcha.

241 A mí me gusta el rostro que muestra la agonía
porque sé que no es falso.
Los hombres nunca fingen convulsiones
ni simulan dolor.

Una vez que se velan los ojos —y es la muerte—
no pueden impostar
en su frente el rosario de esas gotas
que va ensartando la sencilla angustia.

280

I felt a Funeral, in my Brain,
And Mourners to and fro
Kept treading – treading – till it seemed
That Sense was breaking through –

And when they all were seated,
A Service, like a Drum –
Kept beating – beating – till I thought
My Mind was going numb –

And then I heard them lift a Box
And creak across my Soul
With those same Boots of Lead, again,
Then Space – began to toll,

As all the Heavens were a Bell,
And Being, but an Ear,
And I, and Silence, some strange Race
Wrecked, solitary, here –

And then a Plank in Reason, broke,
And I dropped down, and down –
And hit a World, at every plunge,
And Finished knowing – then –

280 UN funeral sentí dentro, en mi mente;
hombres en duelo de un lugar a otro
no cesaban de andar, de andar, a punto
de quebrar mi cordura.

Y cuando todos ellos se sentaron,
un rezo de tambor
no paró de sonar, sonar, de modo
que nublaba el sentido.

Les escuché elevar el ataúd
y crujir por mi alma
con sus botas de plomo nuevamente
y, entonces, el espacio dobló a muerto.

Como si el cielo fuera una campana
y el ser solo un oído,
y yo misma, el silencio, extraña raza
que, solitaria, ha naufragado aquí.

Se quebró alguna tabla en la razón
y caí abajo, abajo,
y a cada golpe di con todo un mundo
y entonces acabé por conocer.

335 'TIS not that Dying hurts us so –
'Tis Living – hurts us more –
But Dying – is a different way –
A Kind behind the Door –

The Southern Custom – of the Bird –
That ere the Frosts are due –
Accepts a better Latitude –
We – are the Birds – that stay.

The Shiverers round Farmers' doors –
For whose reluctant Crumb –
We stipulate – till pitying Snows
Persuade our Feathers Home.

335 NO es que el morir nos haga tanto daño:
más nos duele el vivir.
Pero el morir es rumbo diferente,
lo incierto tras la puerta.

El hábito del sur posee el pájaro,
que sin esperar nunca a las heladas
busca mejores climas.
Nosotros aves somos que se quedan.

Próximos, temblorosos, al umbral del granjero,
regateamos sus reacias migas,
hasta que piadosas nieves al fin persuaden
a nuestras alas de volver a casa.

465

I heard a Fly buzz – when I died –
The Stillness in the Room
Was like the Stillness in the Air –
Between the Heaves of Storm –

The Eyes around – had wrung them dry –
And Breaths were gathering firm
For that last Onset – when the King
Be witnessed – in the Room –

I willed my Keepsakes – Signed away
What portion of me be
Assignable – and then it was
There interposed a Fly –

With Blue – uncertain stumbling Buzz –
Between the light – and me –
And then the Windows failed – and then
I could not see to see –

465 A una mosca, al morirme, oí zumbar.
La quietud en el cuarto
era quietud de aire
en cielos de tormenta.

Alrededor, los ojos se habían ya secado,
se aunaban, firmes, las respiraciones
para el último embate, en que el monarca
se mostrase en la estancia.

Yo legué mis recuerdos, y entregué
la porción de mí misma
que era entregable. Y justo
entonces se interpuso aquella mosca

con un azul, incierto, vacilante zumbido
entre la luz y yo.
Las ventanas faltaron
y ya no pude verme contemplando.

519 'TWAS warm – at first – like Us –
Until there crept upon
A Chill – like frost upon a Glass –
Till all the scene – be gone.

The Forehead copied Stone –
The Fingers grew too cold
To ache – and like a Skater's Brook –
The busy eyes – congealed –

It straightened – that was all –
It crowded Cold to Cold –
It multiplied indifference –
As Pride were all it could –

And even when with Cords –
'Twas lowered, like a Weight –
It made no Signal, nor demurred,
But dropped like Adamant.

519 AL principio el calor, en el tiempo, en nosotros,
hasta que se arrastró
un frío, como escarcha en el cristal,
que borraba la escena.

Copió piedra la frente,
los dedos se le helaron demasiado
para doler, e igual que arroyo con patinadores
se congelaron sus activos ojos.

Quedó rígido. Es todo.
Se amontonó frío sobre más frío.
Multiplicó su propia indiferencia
como si con su orgullo le bastara.

E incluso cuando con los correajes
hicieron descender su peso muerto,
impasible siguió, y no vaciló,
sino que fue a caer como diamante.

614 IN falling Timbers buried –
There breathed a Man –
Outside – the spades – were plying –
The Lungs – within –

Could He – know – they sought Him –
Could They – know – He breathed –
Horrid Sand Partition –
Neither – could be heard –

Never slacked the Diggers –
But when Spades had done –
Oh, Reward of Anguish,
It was dying – Then –

Many Things – are fruitless –
'Tis a Baffling Earth –
But there is no Gratitude
Like the Grace – of Death –

614 EN hundidas maderas bajo tierra
un hombre respiraba.
Afuera, palas su trabajo hacían,
y los pulmones, dentro.

¿Podía saber él que era buscado?
¿Y ellos saber que respiraba él?
El hecho horrible de apartar la arena
tampoco se escuchaba.

Quienes cavaban no desfallecieron,
pero cuando las palas terminaron
—oh, qué premio de angustia—
el hombre ya moría.

Inútiles resultan muchas cosas
en este mundo tan desconcertante.
Pero no hay gratitud
como el perdón inmenso de la muerte.

943 A Coffin – is a small Domain,
Yet able to contain
A Citizen of Paradise
In its diminished Plane.

A Grave – is a restricted Breadth –
Yet ampler than the Sun –
And all the Seas He populates
And Lands He looks upon

To Him who on its small Repose
Bestows a single Friend –
Circumference without Relief –
Or Estimate – or End –

943 UN ataúd es heredad pequeña.
Sin embargo, es capaz de contener
en esa reducida superficie
a quien habita ya en el paraíso.

Una tumba es anchura limitada
y, a la vez, es mayor que el propio sol
y que todos los mares que él habita
y las tierras que observa.

A aquel que está en tan mínimo reposo
se le otorga una sola compañía:
una circunferencia sin relieve,
sin medidas, sin fin.

948 'TWAS Crisis – All the length had passed –
That dull – benumbing time
There is in Fever or Event –
And now the Chance had come –

The instant holding in its claw
The privilege to live
Or warrant to report the Soul
The other side the Grave.

The Muscles grappled as with leads
That would not let the Will –
The Spirit shook the Adamant –
But could not make it feel.

The Second poised – debated – shot –
Another had begun –
And simultaneously, a Soul
Escaped the House unseen –

1065 LET down the Bars, Oh Death –
The tired Flocks come in
Whose bleating ceases to repeat
Whose wandering is done –

Thine is the stillest night
Thine the securest Fold
Too near Thou art for seeking Thee
Too tender, to be told.

948 ERA la crisis. Toda la duración había pasado
–el embotado tiempo mortecino
que hay en esa ocasión y en esa fiebre–
y ahora venía la oportunidad.

El instante que lleva entre su garra,
el privilegio de seguir viviendo
o la autorización de presenciar el alma
al otro lado justo de la tumba.

Músculos aferrados como a plomo
que no permitirían el arbitrio.
El adamante sacudió el espíritu
sin hacerlo sentir.

Segundo suspendido, debatido, disparado.
Otro ya estaba en curso
y, simultáneamente, toda un alma
abandonó la casa sin ser vista.

1065 DEJA caer, oh, muerte, tu vallado,
que el cansado rebaño pueda entrar,
que sus balidos cesen
y su vagar acabe.

Es la tuya la noche más serena,
es el tuyo el redil más protegido.
Estás, para buscarte, demasiado cercana.
Y eres, para contarte, demasiado sutil.

1100

THE last Night that She lived
It was a Common Night
Except the Dying – this to Us
Made Nature different.

We noticed smallest things –
Things overlooked before
By this great light upon our Minds
Italicized – as 'twere.

As We went out and in
Between Her final Room
And Rooms where Those to be alive
Tomorrow were, a Blame

That Others could exist
While She must finish quite
A Jealousy for Her arose
So nearly infinite –

We waited while She passed –
It was a narrow time –
Too jostled were Our Souls to speak
At length the notice came.

She mentioned, and forgot –
Then lightly as a Reed
Bent to the Water, struggled scarce –
Consented, and was dead –

And We – We placed the Hair –
And drew the Head erect –
And then an awful leisure was
Belief to regulate –

1100

LA última noche que ella estuvo viva
fue una noche normal,
excepto por la muerte, que cambió
lo natural en algo diferente.

Percibimos las más pequeñas cosas:
cosas en las que no caímos antes
por esta intensa luz en nuestras mentes
quedaron subrayadas.

A medida que entramos y salimos
desde su cuarto último
a estancias donde estaban quienes vivos
mañana seguirían, un reproche

porque aquellos pudiesen existir
mientras ella se iba para siempre;
una envidia creció
casi casi infinita.

Nosotros esperamos mientras se fue marchando.
Angustiosos instantes: nuestras almas
estaban demasiado vapuleadas para conversar,
y, al final, la noticia.

Algo quiso decir, y lo olvidó,
y, después, levemente, como un junco,
se inclinó sobre el agua, luchó un poco,
cedió y se dio a la muerte.

Y nosotros, nosotros, ordenamos su pelo
y colocamos su cabeza erguida.
Y una inactividad terrible vino
a ajustar nuestra fe.

1272 SO proud she was to die
It made us all ashamed
That what we cherished, so unknown
To her desire seemed –
So satisfied to go
Where none of us should be
Immediately – that Anguish stooped
Almost to Jealousy –

1523 WE never know we go when we are going –
We jest and shut the Door –
Fate – following – behind us bolts it –
And we accost no more –

1272 TAN orgullosa estaba de morir
que hizo que todos nos avergonzáramos
de lo que la quisimos, tan desconocida
se nos brindaba a su habitual deseo.
Tan satisfecha de irse
allí donde ninguno de nosotros
estaría al instante, que aquella angustia nuestra
casi se rebajó tan solo a celos.

1523 AL irnos no sabemos jamás que nos marchamos
y bromeamos al cerrar la puerta.
El destino, siguiéndonos, detrás, echa el cerrojo
y ya no hablamos más.

ÍNDICE

LA VIDA EN LOS DETALLES

Sobre las pequeñas cosas

LA VIDA EN LOS DETALLES

Sobre las pequeñas cosas

SU PROPIA COMPAÑÍA ELIGE EL ALMA

Sobre el amor

SU PROPIA COMPAÑÍA ELIGE EL ALMA

Sobre el amor

ESTE CORAZÓN TANTAS VECES ROTO

Sobre el dolor y la angustia

ESTE CORAZÓN TANTAS VECES ROTO

Sobre el dolor y la angustia

EL RASTRO DE LA LUZ

Sobre la luz

EL RASTRO DE LA LUZ

Sobre la luz

Y MIRAMOS MÁS LEJOS

Sobre poesía y poética

Y MIRAMOS MÁS LEJOS

Sobre poesía y poética

LAS PUERTAS DEL ENIGMA

Sobre la muerte

LAS PUERTAS DEL ENIGMA

Sobre la muerte